NO LONGER PROPERTY OF
ANYTHINK LIBRARIES /
RANGEVIEW LIBRARY DISTRICT

Lilia
La oca azul

Título original:

파랑오리

Todos los derechos reservados.

Publicado por acuerdo con Kinderland a través de Imprima Korea & LEE's Literary Agency.

© 2018, Lilia
© de esta edición: Lata de Sal Editorial, 2018

www.latadesal.com
info@latadesal.com

© de la traducción: Irma Zyanya Gil Yáñez
© del diseño de la colección y la maquetación: Aresográfico

Impreso en Egedsa
ISBN: 978-84-948278-9-1
Depósito legal: M-28745-2018
Impreso en España

Afortunadamente, este libro nos ayuda a recordar lo más importante.

La oca azul

ESCRITO E ILUSTRADO POR

LILIA

Y TRADUCIDO POR IRMA ZYANYA GIL YÁÑEZ

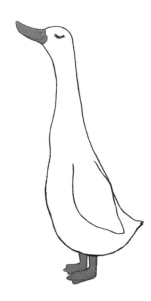

LATA de SAL
Afortunada

—Mamá, ¿recuerdas este lugar?
Es el estanque azul donde nos conocimos...

Fue un día de otoño en el que la brisa
soplaba a veces cálida, a veces fresca.
La oca azul escuchó el llanto de un bebé
cocodrilo y se acercó nadando.

Lo rodeó con sus plumas
y el bebé cocodrilo cayó
profundamente dormido.

Intentó buscar a la mamá
cocodrilo por todas partes,
pero por más que esperó
y esperó, no aparecía.

—Seguro que aquí
va a estar bien...

—Ahora tengo que irme.

Pero cuando la oca azul se disponía a irse,
el bebé cocodrilo se despertó llorando.

—¡Uaaaaaaaahh!

Se aferró a ella
y no quería soltarla.

—¡Mamá!

Con el paso del tiempo, el bebé cocodrilo seguía a la oca azul a todas partes. Y empezó a llamarla «mamá».

La oca azul cuidaba siempre
del bebé cocodrilo.

—¡Por ahí no! Aún eres pequeño.

Lo bañaba a diario.

Y a diario enseñaba
a nadar al bebé cocodrilo,
que le tenía miedo al agua.

—¡Mamá! ¡Estoy flotando!

Los dos solían dormir la siesta
en el estanque azul donde se conocieron.

—Soy la mamá más feliz del mundo.

Y así, poco a poco, el cocodrilo empezó a valerse por sí mismo. Se divertía, le regalaba flores a su mamá y cantaba canciones para ella.

La oca azul se emocionaba al verlo crecer.

Su cabeza, su nariz
y su cola eran enormes.

¡Pero lo que más
crecieron fueron sus
enormes patas! Incluso
retumbaban a cada paso.

La oca azul sentía que nada podía sucederle al lado de su gran cocodrilo.

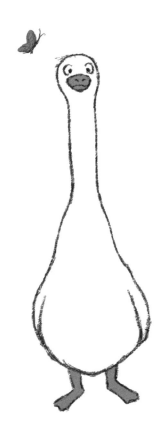

Hasta que un día, la oca azul empezó a perder la memoria.

—¡Vete de aquí!

Cada vez era más común que no
recordara quién era el cocodrilo.
Pero entonces él le decía, sonriendo:

—Estoy buscando a la oca azul.
Es a quien más amo yo en el mundo...

... Juraría haber visto
a la oca azul por aquí...

Pero la oca azul repetía una
y otra vez las mismas preguntas:

—¿Por qué tengo
que bañarme?

—Porque mi mamá también
me tenía siempre muy limpio.

—¿Por qué debo comer?

—Porque mi mamá disfruta
mucho de la comida.

—¿Por qué tengo que dormir?

—Porque mi mamá
y yo vamos a jugar
mucho juntos mañana.

Un día, la oca azul
empezó a sentirse muy triste.

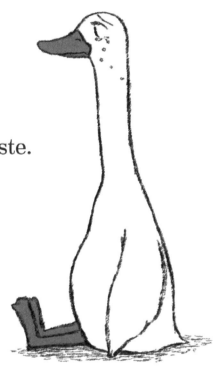

Apenas podía caminar,
así que el cocodrilo la
llevó en brazos a un
lugar especial que sabía
que le haría sonreír.

El perfume del viento...

El olor de las hojas...

La oca azul podía recordar
todos los aromas del bosque.

—Mamá, ¿recuerdas
este lugar? Es el estanque
azul donde nos conocimos...

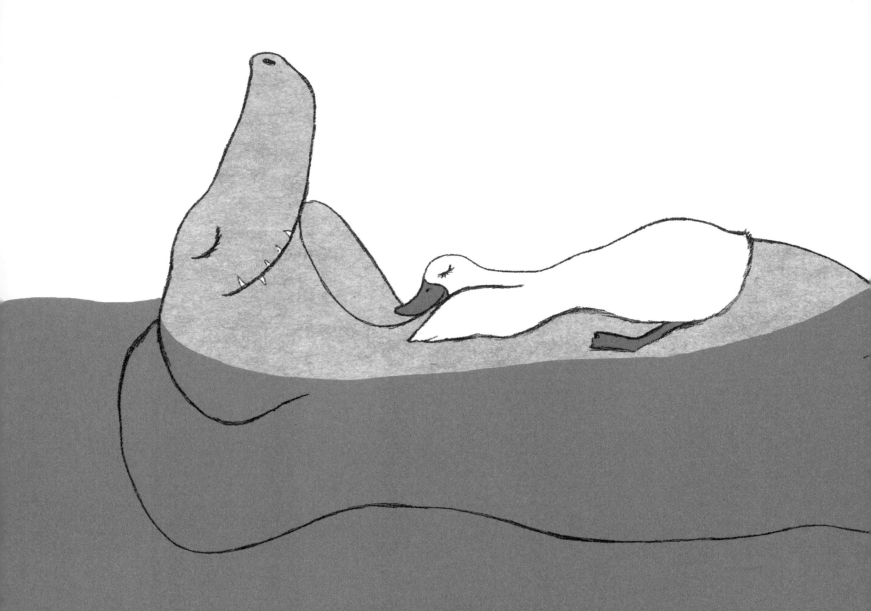

—Mamá, a veces te enojas,
te pierdes y no recuerdas quién soy.

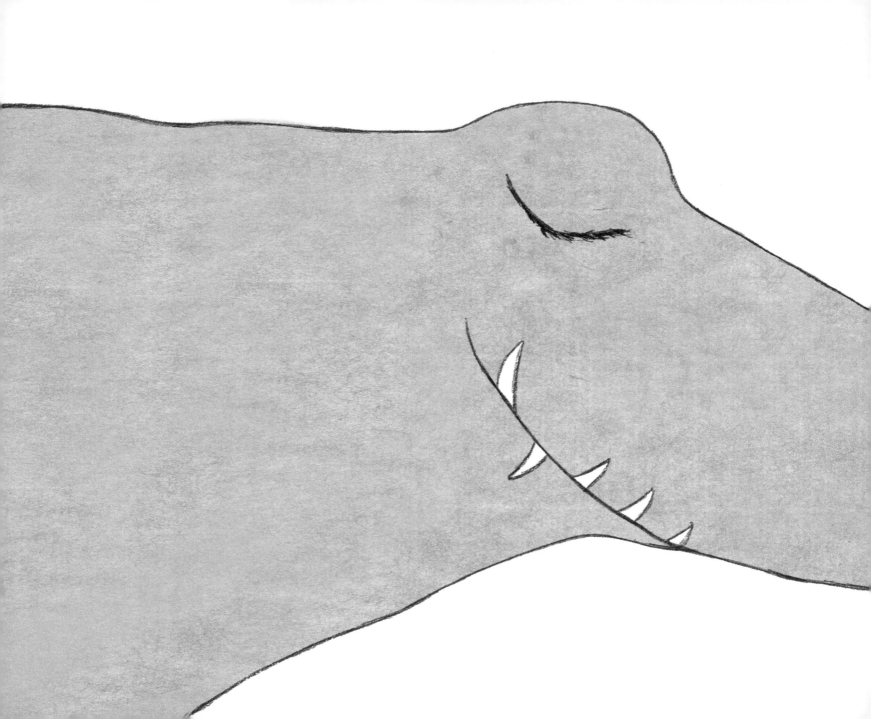

—Pero sé cuánto me quieres.
Y yo, yo te adoro.

—Fui tu bebé y ahora tú eres el mío.
Te voy a cuidar siempre.

—Dame de comer.
¡Tengo hambre!